塔TOWER

嵯峨直樹

gendaitankasha

目次

番組　7
無害　18
炭酸　22
荒地　29
月球　37
花火　44
ぎんいろ　53
ロボット　60
散らかり　70

差し出す　79
言の葉　83
結ぼれ　96
こな雪　106
三月　113
場所　119
塔　126

塔

TOWER

番組

透明な火が街にきて甘やかな声たてながら滅んでいった

一瞬にものは離れて散り散りの路面に大丈夫、などという声

建物の一側面があかあかと染まって何をちぎる泣き声

屋根に火が載ってとだえる事のない時間のなかのあまい泣き声

平らかに流動をする黒いものの人かげが来る視野の端から

血の匂い帯びたささやき濃くなってひとつの黒い袋になった

辛辣な言葉を放ちあいながら小さな影はかけ橋わたる

つぎつぎとはじけて死んでいる顔の群れがみつめるきんのかたどり

かがやかな光をまとう戦士らの影に轢かれて死んでいる人

血の綾に深く抱かれ眠ってる近づいたとき骨が匂った

複雑な影をまとった肉体におと響かせて吊るされている

もえているかわいい死体にぶらさがりともに未来を夢みるようだ

生きるとは別の仕方でうつし世にあってあなたはもう傷まない

建物は立つ悲しみに泣いている入り組む箇所も夕陽が埋めて

少しずつこわれる空から降ってくる破片ときおりとても鋭い

戦争は雲の食感ひのくれに烈しく焼けているひとところ

戦争で人が死ぬのはくやしいとアナウンサーは思わず泣いて

過不足をおそれてほそい舌を出す番組というすみやかな舌

はりつめた猜疑はふかい信頼に似て一体感のさなかほどける

憎しみにぶら下がりつつお互いをたしかめるとき張りつくちから

筋なしてひろがる髪は栗色にひかってとても多くの兆し

遠空のヒト型兵器が呼応するとても小さくきみが笑うと

ためらいのない目に見られ口ごもる空にまたたくヒト型兵器

引きつった表情をしていないから光すばやく壊す街並み

まぼろしの損傷している箇所のよう戦士ひときわ強くきらめく

現実にありそうなことやわらかに笑ったひとの広げる両手

夕ぐれの裂けめのようにつややかな口はひらいて何を話した

いつだってひどい衝突はなやいだ光のなかのとても早口

ほほえみに淡い恐怖をくりひろげアナウンサーは話題をむすぶ

関係の結び目すべて燃えているこんな世界は望んでいたよ

無害

天と地に挟まれながら息をする高さに澄んでノンポリティカル

戦場をひらけば人のようなもの集まってくる少し笑って

薄い影とても濃くなるさわさわと視界のすみに鳥がさわいで

炎昼の浄土があらく揺れるたび服に汚れがついた気がする

うす紙で口をおおって無害だと言いたげな眼をしていて笑う

マスメディアみたいな貌を身につけて火のなかをきて火につつまれる

血のかおるやみ夜はげしい衝撃で割れた光が今日も張りつく

うつくしい家庭は朝に燃えている黒い骨組むきだしにして

銀色のするどい筋がひらめいてまぶたの底にわきだす涙

もう見たりしないまぶたの裏の熱見ていないのにありあまる熱

見返したらもう消えている傷つけた世界が夜にほんのり浮かぶ

炭酸

自販機の缶落ちるおと重々と液詰め込んだ缶落ちるおと
炭酸のいっとき舌を焼くような甘みよ光あふれてつらい

炭酸の泡の銀いろ粒立ってふたりで撒いた嘘のきらめき

雪を見に出かけた部屋に散らばった少女マンガと少年マンガ

テレビでは魔法少女がさみしげに世界を今日も救いつづける

鋼鉄の空を飛びゆくしろがねの鳥みずからをあやめるこころ

ぎんいろにひらめく空の少女なら世界にささる頃には澄んで

階段に振り向きながら髪ゆらすいまに壊れる表情がある

日盛りのとてもさみしい木のような体を折って何か差しだす

冬の陽を汚しつづけるガラス窓　手首にあまい包帯まいて

青ぐらい海にひらめく一枚の波の破片のようなまなざし

たましいを軽くくるんでいるだけの無邪気のままで笑ういっとき
透明なスプーンですくうみかんゼリー昨日の夜に死んだ友だち
コンビニの透明スプーン透明な汚れをつけて夜にきらめく

きみの踏むコアラのマーチこなごなで世界はなんてあまい散らかり

みすぼらしい傷のお前は体液をこぼした罰で昼に消される

ほのぼのときざす辛辣　ぎんいろの街の向こうに消えてった傘

不安定な傘　ふりしきる雨粒の向こうの霧にふんわり消える
呼気あさくときたま手と手つなぎつつ歩いていった駅までの道

荒地

テーブルのクリアファイルに陽は当たり細く鋭い傷あと光る

ありそうなことの萌芽を刈りとって路のひとつは整えられる

こまやかな傷の反射に春の日のクリアファイルは一枚の光《かげ》

ここからがステージここから見られてる誰も見られる側にはいない

ひとの数ほどの気配が重なって無音に強く統べられている

公共に照らされながら壊れてく音がきこえてしまうかどうか

へい凡なくらしにやどる見下しのすこやかな日のふくんだ笑い

あかるさのさ中うかんでいる視野に焼き付きながら人は立ってる

ひんやりと空気の漏れている箇所で声たてながらわらう役割

冷笑の言葉をあびせかけるときまた勝っていることに気づいた

うすやみのくぼみに流れこむときのはやさにひらき閉じるくちびる

焼き殺すひとりのための濡れた火であつまる群れをしめらせている

下をむき目を合わせるなうす闇に火影の動くさまで察しろ

見ていないけど邪悪さを増しながら視界の隅を侵しはじめた

感情でしめらせている人群れに火を放つとき泣いてしまった

もう草も生えぬ荒地はステージで目線は揃うきみに合わせて

ひと騒ぎあってお菓子にまみれつつ痛いいたいと鳴いていたひと

一枚の古いメディアの形したプールにつかり勝ち抜いている

みるく色の空かぎりなく開かれる　市バスはきてみんなでいった

ひと影と吊革の影揺れている死をはらわたに含みもつバス

気管支の音で世界が弾けとぶ日暮れのひかり満ちる車内に
爆心地めくスタジアム煌々とうれしい声に満たされている

月　球

川沿いにさくら祭りの提灯はひかれていつのさくら散る宵

細い枝が混みあい一つの系をなす甘やかな葉をざわめかせつつ

あるはずの場所にはあった不可思議の影のかたちを水に映して

ひび割れた路面に低く生えているたんぽぽどこかやましい兆し

花びらは透明な血を吸いこんでうすい紅いろに咲き散っている

髪の毛に冷気ふくんで来たひとの匂いたちまち世界を満たす

髪かるく舞いつつ世界を散り切れば鮮血にじむ春のたそがれ

月球は満ちて苦しいくきやかにふたつの影は照らしだされて

さくらばなひとは加害の重量でイエの深処に吊り下がるもの

さくらばな無音で咲いて散りつづく無音のさくら　日本人なら

さくら祭りの軽い提灯風に揺れここから先は息浅くなる

大勢がひしめきながら後方をふさいでいると信じられたよ

ひんやりと夜気にくるまれいつの間に気にかけている少し離れて

しめやかなささやき笑い一晩をつらなる銀のくさりのように

おおよそは不完全でいい月球は春の夜空にしらしらと照る

同調のつばさひろげて飛び移るまどかなゆめに橋も眠って

おぼろげな匂いは姿に変わりだす春のあらしに草がさわいで

細密に綿のあつまるタンポポを雨が損なう深くはいって
頑なに抱きしめていた本当の夜もいっしょに散ってしまった

花火

青空にまばゆい白をまぶしつつ夏のひかりは街にくるしい

夏ぐもは湧き立つすがたを見せながら長いひと日を沈黙している

紫陽花のひとまとまりのむらさきは夕風のなかわずかに揺れて
水たまりの水際くるしみ粉々に砕けたかげで像を散らかす
うつし身やノンポリティカルに澄みながら印象深いかげを残した

ひもとけばいま賑やかな街になる君といられる薄やみの底

夕焼けは町のひとつを抱えこみものの起こりの火花を統べる

暮れてゆく街にやさしい青は張る許されているようにひとびと

匿名の影すみやかにあつまって花火大会会場の岸

なかぞらに座れる椅子があったからうす闇に手を伸ばすひとたち

割れるたび高くなる空満たされて息もできないくらいに光

傷あとをしずかに侵食するひかり傷ついたかのようななりたち

張り裂けてしまった闇を皮膚にして誰を殺しているのだろうか

日常の入り組みの影ひとつ一つかなし総ての空のひかりに

入り組みのとりわけ深い処から湧きだしている仕事を組む時も

ひとびとの目線混みあう先にいて花火になったひとりは消えた

きらきらの薄氷だから軽いって言ってた窓から落下するまで

落下してザマアザマアと潮騒の聞えないからまた勝っている

発火するときめき砕け散る氷その瞬間をのぞきこむもの

反射板かたい路面に砕け散る視野じゅう夢のようなきらめき

立ち止まり空を見上げる人びとの姿が見えるリアガラスから

夕ぞらに人工的な発色の火の粒しずかに散らかってゆく

人々はかたちをほどきあの人もかたちをほどき涼やかに夏

元あった場所にいまあるもともとは涼しく加害できた星々の夜

ぎんいろ

じりじりと輪郭灼けている人をはるか間近にみはるかす昼

みひらいた空にみられているとしてゆるい速度に定まるこころ

朝夕をしたしく愛でて純粋になったあなたは関わりをもつ
粘度のたかい雲かたまって心とかあまい匂いのものがきざした
かの日からみひらきぱなし何一つ見ないつぶさにみはらすために

金属の定まり方に定まったかたちにぎんの硬貨をいれる
かみあきたガムのはりつく自販機の硬貨投入口のぎんいろ
はなされて切り立つ胸よなまぬるい風がとおりを今日もみたして

崩落の予感にひらく内面をブルーシートで淡く覆った

夕雲は粘度をましてゆっくりと動きをとめたとてもしずかに

漆黒の悪意があると言いつのる無害な日々を車があおる

ぎんいろの足場くまれた建て物のブルーシートは街になじんで

心という瀟洒な趣味を持ちながらひとがまどろむ夜にみひらく

あくがれて鋭い影を見せながらアスファルトの路ひくく低く飛ぶ

くりかえす取り返すからあったはずはるか日なたに綾なすかたち

血脈の入り組みのなか息ひそめあまりに長い棺であった

疼痛のひくい持続に耐えている総て剥きだすいっときがくる

はらってもさしのばしくる甘い手よ屋根のかすれてかがやかな家

破裂する音はかわいてとの曇る空気にとけてはやく散った

くりかえし瞬間はある　再生の予感にはつか触れるひとびと

ロボット

白っぽい光あふれる駅前のひとかげ髪を風にちらして
見るこわさ見られるこわさ目があってしまうこわさの傷の親しさ

表情を瞬《またた》かせつつ手をあげるママチャリをおすきみを知ってる

見るたびに見られるたびに損傷をくりかえし負うようで愛《かな》しい

おすすめのご飯屋さんで向かいあいまばゆいひかり食むみたく話す

空想の膜をうっすら被りつつきみは笑った鼻ひからせて

目薬で空を壊せばあかるくてきみの小さな息がのこった

髪の毛がくすぐる頬に絶え間なく甘やかされてはつ夏のひと

擦りガラスごしの裸がかがみこむ乳白色に泡立ちながら
髪さきはあかい日差しに散らされてもういなくなるすこしの間
白々と顔ひからせて表情はきめ細やかに瞬いている

夕方のあかい光に満たされた部屋のひと影淡くかさなる

満ち満ちて月のきわから血液があふれ出そうなほどの近しさ

しらしらとまばゆい兆しの明滅がそれに応えているかのようで

変型をくりかえしてるロボットの銀の尖りをきみは見たはず

夏空を損ないながら吹く風はコンディショナーのかおりをのせて

夏空にヒト型兵器の輝きが付着しているきみのいる街

くもり日の空はりつめて痛ましいマンション白くさみしげに立つ

はつ夏の砂金のようにきららかな髪なびかせているはずのひと

海原にこもる光の層あって人のこころのゆらめきの藍

強風に帽子おさえて肉体をこの世につよく釘付けにする

海原は鈍くきらめき時々は君を笑かす仕方知ってる

薄墨の雲を遥かに張りながら海ばらとうに死んでいるから

頰つたうなみだ示してさみしいと無邪気みたいにつぶやいてみた

純水のなみだは散って優しげな墓を成しゆく草むらの奥に

身の熱を甘く遺してあかい夕　髪の筋目にひかり編まれて

あかい夕　くらい血汐にひたされてひたすらに編むひとのきもちを

あかい夕　翳に囲われしらしらとふたり優しい墓としてある

夏空にきらめきながら張り付いたロボット永遠の相聞として

散らかり

日の暮れのきんいろの川ひとが死ぬマンションの窓まばらに灯る

カーテンのレースの柄の影のなか輪郭さやかにピアノひくひと

誰の血のとけてほのかに薄紅の空マンションの群の切っ先

病室のまぶしい白に護られて近ごろとても死んでいるなら

真昼間に薄い障子を閉め切っていいとこは今日もひとり喘息

薄らかなガラスはげしく反射して白いひかりに包まれてしぬ

痛ましいひかりが白くこもる雲　濡れた市街の真上に張って

斎場にこまやかな鳥とびうつる後ろについて停止するとき

うす紙で口を潰した日本人らしい人かげ群れて炎昼

逆光に白くきびしくふちどられ人かげ涙のしずく光らす

金属音たてて崩落するひとりその自意識の昏い張り方

たましいのゆり動くたび血の匂いわずかに香る　なんてさみしい

濡れ落ちたマスクがおのれなんだよと言っても気づかん濡れ落ちるまで

駅前のマスクの川にとろけこみ眠る死んでるいやどっちでも

すみやかに編まれて日暮れあかあかと散らかりながら夢をみている

散らかりが光に焼けて取り返しつかない夢をみているようだ。

水面は日々をわすれて皺をなす損なわれたのいつといつといつ

つくづくと無縁な街のあかるさにまみれて淡いかげを映した

取り返しついたかのよう晩夏や今日の異なる車列について

大いなる夜のすがたで走り去るヘッドライトに気づかれながら

ヘッドライトの照らす車両の後ろがわ夜から遊離しつづけている

光量を減じて距離をひきはなすブレーキランプについて街の夜

あんなにも散らかってたが取り返しついて一人の今日のなりたち

猫砂を掘り広げつつとりかえしつかない欠片いくらかあった

そんなにも影に錘をつけたなら秋風あさく吹くかぎり死す

差し出す

ほそい枝が集まり綿のようになる視野がぼやけてみんなほころぶ

持ち寄って差し出している表情でぼくらとぼくら以外を張った

いちまいの空からあまた降るあめは光になって、刺し貫いた

にんげんであるかのような表情で今日のみんなをひどく害した

先輩はほとんど泣いてほどけ目を僕のほうへと差し向けている

ほんとうはいい人たちのなごやかな成り立ちにいてひとりを壊す

差し出した表情いつも不確かでたったひとりをたしかに壊す

公共に差しだされているにくたいを蛍光灯はすみずみ照らす

にくたいのかげりはきえて凡庸な日々のあかりに縛られている

先輩の張り巡らせるめんどうみひとりを選び焼き尽くすまで

言の葉

透明なペットボトルは半透明のふくろに朝のひかりを張って
半透明のふくろのなかに張るひかり。取り去られるまで道におかれる

気がかりな粒子にくもる市街地に擦れ違うひと呼気抑えつつ

快速にぷしゃっと飛んだ血しぶきに汚れてなんてだるい一日

とりどりにあがった布は熱風を厚くはらんでぼくらの浄土

あるはずの場所にもうない破片たち無糖コーヒーはげしい尖り

とりどりのサムネの太い文字列のゆり動かして僕のけばだち

人々の冷えた意識がしんしんしんと巡っていたが気づかなかった

戦いは始まっていた　気が付いた者たちはもうこぶしをにぎる
集団に属していないものたちをあなどるように挨拶をする
想像のエリアまるごと燃えていて熱風はくる隣席にまで

いつだって逃げて良かったシンジくん退路を断って戦場にする

もうはるか遠くにひとはあつまってひとりを打って打ってやまない

低酸素いき苦しくて気持ちいいその憎しみにぶら下がるとき

死んでいる部分で視れば死んでいる部分で君は〈分かる〉と言った

ひとの眼のまだらに死んでいる部分ほのかに赤みがかってきれい

押しやられ真冬の淵に立っている生きた歳月くるむ肉体

物量を防いでおとなしくさせる施設ひとりは何をみていた

破損していない巨きな一棟にきらきらとして西日はそそぐ

氷床の成り立っている気配して成熟という階の暮れ方

ビニールの袋吊るされ表面をほそい光が走りつづける

おとなしい水つめられて純粋なペットボトルであると言いはる

ふたまたに同じ角度で別れたらどちらか生きていればいいはず

穏やかな声とうとつに開かれてまばゆく光るただの一とき
乱雑に畳まれているかなしみが声の底からいつもきこえる
言の葉の泡の弾ける度ごとにはかない意味がいのちを揺らす

言の葉のこんがらがりの塊がふたつの影であるかのようだ

内がわになだれ続けるその声は同じいたみを響かせながら

繊月のカーブしずかに伸びてゆきいつか誰かを刺し抜いていた

冬雨のあがった5時の街かどに銃声ひびく数発ひびく

居座りの椅子を鳴らしているからいるからもういないから

居座りの椅子を調整する音は聞えていないみじろぎながら

居座りの椅子を調整する音に気づいていると目くばせをした

ゆうやみに銀のてかりをまといつつ高架をはしる通勤電車

繊月のカーブの抱く物量のきらめく夜にひとりは落ちた

なごやかに仕事おさめてひとごろし今日は自分を甘やかしたい

結ぼれ

室内はあかるい水に濡らされて青いデジタル文字のぎとつき

破損したプラスチックが散らかっていないあしたの昼は眠くて

くずかごに住んではいないくずかごでないかのように振る舞うかぎり

加害する予感にあわく傷ついて小雨の音に囲われている

まぎれなく必要としている者の強くひっぱるちからの甘み

薄やみに呼気を漏らして慎重に互いの手首の太さくらべる

傷つける傷つけられるくらいなら無音に光る傷でありたい

混沌がふいに結ばれ部屋になる息づくように包みこまれて

浴室の黒くつやめく鏡面に熱おびた眼がときおり映る

暗闇の鏡の映す暗闇を見つづける眼を見てはいけない

三日月のお菓子のざらめきらめかせお腹にふかく差し込んでゆく

食感がグミっぽいからだんだんと雲が凝ってもう動けない

あらかじめ月が無かったような空すみからすみまで重い暗やみ

裏がえして生まれた部屋に自らが傷つくだけでとても終われる

錠剤に吊り上げられてふわふわのいい気な闇を引きおろしゆく
ふわふわと電話してくる真夜中はオーバードーズのいい気な深度
健やかな意思に殺されかけながらうれし涙をながすのだろう

甘やかなちからに引かれいつの間に色とりどりの祭り会場

きょうだいというくらいなら深々と刺した刃に蜜がしたたる

繊月のかたちの傷を付けたこと付けられたことまでは永遠

キッチンの床に灯った薄あおい月のかたちに残ったざらめ
ひと肌を血のふくらみがおりてゆく光にかたく結ばれた夜
熟睡のひとの体は開かれてぬくとい泡が湧きだしている

あかつきの天井付近のふわふわを降ろし尽くすとこわばる一人

みずからの重みで死んでやすらかな金属片の色のそれぞれ

うれしさの広告でいい死んでいる絆でみんな手をつなぎたい

粉末のような日差しにまみれつつ人のかたちの光はうごく
死んでいるからだが白くうずくまるまひるま冷えたパイプベッドに

こな雪

濡れながら黒びかりする街かどに雪のかけらがふんわりと飛ぶ

雪片はいたるところに散らかって夜の密度をほどいてしまう

こな雪は微風に飛んで損なわれコートの襟を少し濡らした

こな雪は無数のさけめ気がかりな人との距離にしんしんしんと降る

手袋の指さき冷えるくだものの傷んだ箇所の果汁に濡れて

指さきは傷んだ箇所に触れている息浅くなるまでに甘くて
こな雪をみているひとの内面に降るこな雪はすこしあかるい
網膜に昏くてあかい風景をいつもしずかに燃やしてるひと

透明で小さな笑みはあかあかと火に包まれる家でできてる

後ろ手に家族の燃えている家のドアを閉めればしら雪のまち

ひと区画ごと燃えている家があるしずかに翳るひとみの底に

こな雪の消えるかたちに人はあるほのぼのとした熱を発して

擦り傷は彗星みたくきらめいてしまう近くに気配あるから

駐輪場にしろい気体をこぼしあい話しているとはりつめる空

自転車にくらく積もった雪を払う遠く否んで見つめあうこと

擦過傷の甘いほてりのなかにいる自転車に乗る背中をみせて

胸そこにかわいた痕をほのぼのと残して走り去ってゆくひと

精神のきらめくような急流の岸辺に蒼い雪は降りつむ

奥ぶかい熱のみなもとほの白い星がしずかなまたたきをする

こな雪がちいさな街に降りしきる昨日と明日を消しさるように

三月

公園の構造物はひんやりと錆びた匂いを手に沁みこます
匂やかな痕つけられて春さめのしずくの移るさまをみている

雨つぶはフロントガラスに否定され凡庸な輪のあつまりになる

ワイパーに二度否まれて潰された雨粒あらたに死んだ雨粒

堤防を歩いてくるひといつだって初めてみたくおずおずと見る

問いかける姿になって春さめのぬくとい粒が顔にあたった

春さめのボディ深くに覚めながら自明のなかに混み合いながら

崩れつつ素早く寄せてくる波のようなちからのさなか明るい

一束のひかりになってぬばたまのコーラの黒にしんと吸われる

一瞬にくつがえされてきららかな痛みの粒は散らかっている

三月の街路もビルも火に濡れる目のなかの火に沈んでいった

わた雲の下層が青く澄み切った空にいくつも沈んでいった

純水な海でしたので澄みながらふんわり沈んでみた感じです

編みたての世界にひとを引き入れてあまり匂やかにしてしまうから

一束のひかりだったらいないかのような自然な息をしてる

ももいろに染まる夕雲おりてきてほそい気道をおっとりふさぐ

きららかにうぶ毛光らす息づいたこの世の場所の取り分はそれ

場所

水あかりときおり青が濃くなって脚のかたちは不確かになる

水あかり青のかたちに照らされる部屋にみている素足ならべて

いのちある側であるかのようにして光の粒に頬てからせる

いのちある砂地の湿りうす曇る月日にひとのつけていた跡

経験のおりかさなりのあるところ薄やみ二基の跡形として

その場所に並べてあったたましいは水面みたいに明滅をする

映像が青ぐろくなる　先触れのひとかたまりが傍らにある

足もとに絶えることなく砕け散る蒼がありつつ今日の日の暮れ

跡形をまたも満たして口づけの冷えたみじかい感触がある

こわいから結んでしまうほんのりと鉄のにおいにとり囲まれて

くらぐらと樹木の茂りもみじ葉の浅い部分をざわめかす風

さわやいでいる恥ずかし気暮れおちてわずかに兆すいのちの甘み

雨がないのにさわだってありとある予兆のかたち示す水面

昨日よりよりより複雑になっている世界のひかりまたしくじって

跡形の際しめらせてあふれだす昏くて厚い水の量感

夕焼けは解き放たれていちめんに賑やかな火をつけてまわった

あるはずの場所にもうないそれまでは確かにあったかのようにして

あるはずの場所にはあった荒々と鋭い影を突き立てながら
あるはずの場所はもうない永遠の火の見下した短夜のかず

塔

街路樹の葉の総量がざわめいてひとつの部屋を侵しつづける

緑色によどんだ川は昼下がり皮膜のような波ひからせて

雷こもる雲はほどけて安らかな日暮れにほのか赤く染まった

海音に日がな刻まれ夕まぐれあんまり永遠にひとりのかたち

暗雲のきれ目きれ目にしらしらと小銭のような銀河がみえる

ひかり余して5月せかいの底面をこすってあまた自動車の列

存在の底がくさって世の中を害する液がしずかに漏れる

跡形は埋まって在ったか無かったか無かったいびつに無かった世界

そよ風にさとく応じてどくだみの花々わるい揃い方する

青空は微熱を帯びた手をひろげ兆しまばらな市街地を抱く

はつ夏のしろい光に荒された空にうっすら真昼間の月

逆光に守られながら笑ってる差し入る視線に損なわれるまで
上層ははるかな霧にかき消えてきょうの業務に雨がふりそう
いちめんに兆したしるし集まってひとり真向かうための表情

その人へ向かう兆しの幾つかをうずめてひとのかたちで今ここ

残照は空の亀裂をまめやかに照らしてまるで愛であったよ

薄やみにあまた兆して旋律は今はもうない／いつももうない

星屑のような兆しは町じゅうに散らかっていてひそやかな夜
はつ夏の粒子降りつぐ窓しめて声交わすとき息のしめり気
一晩を話して声と息になるあらゆる兆し秘めるひとすじ

歳月をかかえてしずかなる骨の夜うるわしい物量にいて
雨おとのぱちぱちと鳴る暗がりに小さく張った息という息
とりかこむ淡い気配に気づいたが見たら消滅するから見ない

水流のきらめきのよう先ぶれは数限りなくくじかれて夏

先ぶれはくじかれながらひとまとまりの表情としてひとりに向かう

排水溝へ向かって加速するようにすべての声がめざしたあなた

側溝の鉄の格子にすがりつくような弱者に施してみた
かずかずの予兆と予兆でないとする予兆ひとつの表情として
自動車は夏の光を銀いろの塊にして引き連れてゆく

開かれたドアのかたちにたまご色の光しずかに呼吸している

存在はひとりの裂け目きた風の量に晒されくしゃくしゃになる

不可思議にひとりは立って風を裂くしずかな量を防いでいる弧

過不足のない内圧に満たされて塔のかたちに機能している
ありとある声ふきこぼれ満ちあふれ空まっしろにふさいでしまう
風圧をきめこまやかに感じとる花ばなな色を推しあっている

風圧は花弁すべてをうらがえしすべてひかりに変えてしまった

銀色をめぐらせている尖塔の上にちいさな火をともす人

塔 TOWER

二〇二五年四月十八日　第一刷

著者　嵯峨直樹
発行者　真野少
発行　現代短歌社
〒六〇四-八二一二　京都市中京区六角町三五七-四　三本木書院内
電話　〇七五-二五六-八八七二
装幀　かじたにデザイン
印刷　亜細亜印刷
定価　二七〇〇円+税

gendaitankasha

ISBN 978-4-86534-502-5 C0092 ¥2700E